U0006379

西雅圖酋長宣言
The Statement of Chief Seattle

怎麼能夠買賣天空、大地與海洋的溫柔？
一位印地安先知獻給我們的自然預言

演說｜西雅圖酋長 Chief Seattle
翻譯｜劉泗翰
導讀｜廖偉棠

目錄

西雅圖酋長
Chief Seattle, 1776-1886

西雅圖酋長宣言

被譽為人類最偉大的演說

他的話語猶如星辰山川大地，喚醒世人——

與自然和諧共處

與萬物相連

重新織起生命之網

The Statement of
Chief Seattle

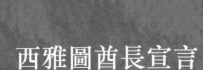

西雅圖酋長宣言

西雅圖酋長一八五四年宣言

第一版

演說｜西雅圖酋長

時間｜一八五四年一月十日

地點｜美國華盛頓准州普吉特海岸

出處｜第一版宣言首次以印刷形式

　　　出現於一八八七年十月二十九日

　　　《西雅圖星報》由亨利・史密斯醫師

　　　執筆之專欄

Yonder sky that has wept tears of compassion

upon my people for centuries untold,

and which to us appears changeless and eternal,

may change.

Today is fair.

Tomorrow it may be overcast with clouds.

❋

My words are like the stars

that never change.

Whatever Seattle says,

the great chief at Washington can rely upon with as much certainty

as he can upon the return of the sun or the seasons.

不知道多少個世紀以來，

遠方的天空曾經在我族人的頭頂上流下憐憫的淚水；

這個在我們看來永遠都不會改變、恆久長存的天空，

其實是可能會變的。

今天和煦晴朗，

明天卻可能烏雲密佈。

✿

但是我說的話，

就像星辰一樣，永遠都不會變。

不管西雅圖說了什麼，

在華盛頓的大酋長都可以完全信賴，

正如他可以相信旭日會東升、季節會更迭。

The white chief says that Big Chief at Washington

sends us greetings of friendship and goodwill.

This is kind of him

for we know he has little need of our friendship in return.

His people are many.

They are like the grass that covers vast prairies.

My people are few.

They resemble the scattering trees of a storm-swept plain.

The great, and I presume—good,

White Chief sends us word that

he wishes to buy our land

but is willing to allow us enough to live comfortably.

This indeed appears just, even generous,

for the Red Man no longer has rights that he need respect,

and the offer may be wise, also,

as we are no longer in need of an extensive country.

白人酋長説

在華盛頓的大酋長捎來友情與善意的問候，

他真是太仁慈了，

因為我們都知道，他不需要我們的友誼回報。

他的子民眾多，多的像是覆蓋大草原的青草；

而我們族人寥寥無幾，

宛如暴風雨肆虐後，散落在草原上的樹木。

那位偉大的──我猜也是善良的──

白人酋長捎信來説，

他想買我們的土地，

也願意保留足夠的地方，讓我們過舒適的生活。

這話聽起來確實很公正，甚至很慷慨，

因為紅人已經沒有他需要尊重的權利了；

這個提議聽起來也很明智，

因為我們不再需要廣濶的土地。

There was a time

when our people covered the land

as the waves of a wind-ruffled sea cover its shell-paved floor,

but that time long since passed away

with the greatness of tribes that are now but a mournful

memory.

I will not dwell on,

nor mourn over, our untimely decay,

nor reproach my paleface brothers with hastening it,

as we too may have been somewhat to blame.

我們族人曾經遍佈這片土地，

正如同被風吹皺的海，掀起海浪，

覆蓋鋪滿貝殼的海床；

但是那個時代早已不復存在，

部落的崇高偉大

如今只剩下令人喟嘆的回憶。

我無意談論、也無意去悼念

我們過早的衰敗，

更無意譴責我的白臉兄弟加速衰敗的到來，

因為我們自己可能也有過失。

Youth is impulsive.

When our young men grow angry

at some real or imaginary wrong,

and disfigure their faces with black paint,

it denotes that their hearts are black,

and that they are often cruel and relentless,

and our old men and old women

are unable to restrain them.

Thus it has ever been.

Thus it was

when the white man began to push our forefathers ever

westward.

年輕就是衝動。

當我們的年輕人看到某些真實或是想像中的錯誤，

就開始生氣，

用黑色油彩塗得滿臉漆黑，

其實那表示他們的心也是黑的，

通常表示他們會變得殘酷無情，

而我們這些老人，不論男女，

都無法約束他們。

向來都是如此。

當白人開始逼迫我們的祖先不斷向西遷徙時，

也是如此。

But let us hope that

the hostilities between us may never return.

We would have everything to lose and nothing to gain.

Revenge by young men is considered gain,

even at the cost of their own lives,

but old men who stay at home in times of war,

and mothers who have sons to lose,

know better.

但是且讓我們期盼：

我們之間這樣的敵意不會重現，

對我們來說，這是得不償失。

有人認為年輕人的報復就是有所得，

甚至 牲了他們的性命也在不所惜，

但是在戰時留在家裡的老人

以及可能失去愛子的母親

卻不做如是想。

Our good father in Washington—

for I presume he is now our father as well as yours,

since King George has moved his boundaries further north—

our great and good father, I say,

sends us word that

if we do as he desires he will protect us.

His brave warriors will be to us a bristling wall of strength,

and his wonderful ships of war will fill our harbors,

so that our ancient enemies far to the northward—

the Haidas and Tsimshians,

will cease to frighten our women, children, and old men.

He in reality he will be our father

and we his children.

我們在華盛頓的慈父——

既然喬治國王將邊界遷移到更北邊，

我想他現在不但是你們的父親，也是我們的父親——

我說啊，我們偉大的慈父傳話來說，

如果我們聽他的話，他就會保護我們。

他麾下的英勇戰士會成為我們的銅牆鐵壁，

他那些上好的戰艦也會填滿我們的港灣，

於是，遠從北方來的古老敵人

——海達族與欽西安族——

將不再驚嚇我們的老幼婦孺。

如此一來，他就真的成了我們的父親，

而我們則成了他的孩子。

But can that ever be?

Your God is not our God!

Your God loves your people and hates mine!

He folds his strong protecting arms lovingly about the paleface

and leads him by the hand as a father leads an infant son.

But, He has forsaken His Red children,

if they really are His.

Our God, the Great Spirit,

seems also to have forsaken us.

Your God makes your people wax stronger every day.

Soon they will fill all the land.

但是這可能嗎？

你們的神不是我們的神啊！

你們的神愛你們的子民，卻痛恨我們！

祂那雙強壯的手臂慈愛地環抱著白臉人，

保護他，牽著他的手，帶著他走，

就像父親帶著幼小的兒子；

然而，祂卻拋棄了祂的紅人小孩

——如果他們真的是祂的孩子！

我們的神，我們的大神，

似乎也拋棄了我們。

你們的神讓你們的人民日漸壯大，

很快就會填滿大地；

Our people are ebbing away

like a rapidly receding tide that will never return.

The white man's God cannot love our people

or He would protect them.

They seem to be orphans who can look nowhere for help.

How then can we be brothers?

How can your God become our God

and renew our prosperity and awaken in us

dreams of returning greatness?

If we have a common Heavenly Father

He must be partial,

for He came to His paleface children.

而我們族人卻像快速退潮的海水，

不斷後退，一去不回頭。

白人的神不可能愛我們的族人，

否則祂應該會保護他們，

而他們卻似乎像是無處求助的孤雛。

我們怎麼可能是兄弟呢？

你們的神又怎麼可能變成我們的神，

讓我們復興昌盛，

喚醒我們心中重返榮耀的夢呢？

如果我們有共同的天父，

那麼祂一定是偏心的，

因為祂偏愛白臉的孩子。

We never saw Him.

He gave you laws but had no word for His red children

whose teeming multitudes once filled this vast continent

as stars fill the firmament.

No;

we are two distinct races

with separate origins and separate destinies.

There is little in common between us.

我們從未見過祂。

祂賜給你們法律，卻對紅人孩子一言不發——

儘管這一大群孩子曾經填滿了廣袤的大陸，

一如繁星佈滿蒼穹。

所以，

我們是兩個不同的民族，

有不同的起源，也有不同的宿命。

我們之間的相似之處，少之又少。

To us

the ashes of our ancestors are sacred

and their resting place is hallowed ground.

You wander far from the graves of your ancestors

and seemingly without regret.

Your religion was written upon tablets of stone

by the iron finger of your God

so that you could not forget.

對我們來說，

祖先的骨灰是神聖的，

他們的安息之地也是神聖的土地。

你們卻遠離祖先的墳墓，

而且似乎沒有悔意。

你們的宗教是你們的神用鐵手指寫在石板上，

這樣你們才不會忘記。

The Red Man could never comprehend

or remember it.

Our religion is the traditions of our ancestors –

the dreams of our old men,

given them in solemn hours of the night by the Great Spirit;

and the visions of our sachems,

and is written in the hearts of our people.

❊

Your dead cease to love you and the land of their nativity

as soon as they pass the portals of the tomb

and wander away beyond the stars.

They are soon forgotten

and never return.

紅人永遠都無法理解，

也永遠記不住。

我們的宗教就是祖先留下來的傳統——

是我們老人家做的夢，

是大神在夜裡莊嚴時刻賜給他們的夢，

也是我們酋長在夢中的所見所聞，

永遠都銘刻在我們族人的心中。

❄

你們的先人死後，

一旦跨進陵墓的入口，遠遊到星際之外，

就不再愛你們和他們土生土長的大地；

他們很快就會遭到遺忘，

再也不會回來。

Our dead never forget this beautiful world

that gave them being.

They still love its verdant valleys,

its murmuring rivers, its magnificent mountains,

sequestered vales and verdant lined lakes and bays,

and ever yearn in tender fond affection

over the lonely hearted living,

and often return from the happy hunting ground

to visit, guide, console,

and comfort them.

我們的先人卻從來不曾遺忘

這片曾經賜予他們生命的美麗大地，

他們仍然深愛著青翠的山谷，

潺潺的溪流，雄偉的山脈，

僻靜的幽谷，綠蔭環繞的湖泊與港灣，

也始終深情而溫柔地

牽掛著孤獨活著的生者，

經常從極樂的狩獵場回來

探望他們，引領他們，安撫他們，

給他們帶來慰藉。

Day and night cannot dwell together.

The Red Man has ever fled the approach of the White Man,

as the morning mist flees before the morning sun.

However, your proposition seems fair

and I think that my people will accept it

and will retire to the reservation you offer them.

Then we will dwell apart in peace,

for the words of the Great White Chief

seem to be the words of nature

speaking to my people out of dense darkness.

日夜不能同居。

白人一靠近，紅人就逃走，

正如同晨霧在朝陽升起之前就要消散。

然而，你們的提議看似公平，

我想我們族人會接受，

也會退居你們提供的保留地，

然後，我們就可以和平地各過各的日子，

因為白人大酋長的話

似乎就像是大自然從濃密的夜色中

對我們族人說話的聲音。

It matters little

where we pass the remnant of our days.

They will not be many.

The Indian's night promises to be dark.

Not a single star of hope hovers above his horizon.

Sad-voiced winds moan in the distance.

Grim fate seems to be on the Red Man's trail,

and wherever he will hear the approaching footsteps

of his fell destroyer and prepare stolidly to meet his doom,

as does the wounded doe

that hears the approaching footsteps of the hunter.

我們要在哪裡度過餘生，

並無關緊要，

反正人數也不會很多。

印地安人的夜總是會黑，

地平線上也不會有任何希望之星閃爍發光，

只有遠方傳來風聲的悲鳴。

紅人的道路似乎通往悲慘的命運，

聽到可怕的毀滅者逼近，

不管腳步聲從哪裡傳來，

都只能麻木地準備迎接宿命，

正如同受傷的雌鹿

聽著獵人走近的腳步聲。

A few more moons,

a few more winters,

and not one of the descendants of the mighty hosts

that once moved over this broad land or lived in happy homes,

protected by the Great Spirit,

will remain to mourn over the graves of a people

once more powerful and hopeful than yours.

再過幾個月，

再過幾個冬天，

這個曾經在這片廣袤大地上遷徙

或是在快樂家庭中生活，

受到大神庇佑的偉大主人，

將不再有任何一名後裔子嗣留下來，

為了一度比你們更強大、也更有希望的民族哀悼守靈。

But why should I mourn at the untimely fate of my people?

Tribe follows tribe, and nation follows nation,

like the waves of the sea.

It is the order of nature,

and regret is useless.

Your time of decay may be distant,

but it will surely come,

for even the White Man

whose God walked and talked with him as friend to friend,

cannot be exempt from the common destiny.

We may be brothers after all.

We will see.

但是，我又為什麼要為族人早逝的命運感到哀傷呢？

部落興衰，國家存亡，

正如海裡的波浪，一波接著一波，來來去去。

這是大自然的秩序，

悔恨也沒有用。

你們衰亡的時間或許還遙不可及，

但是一定會來，

因為就算白人有他們的神

像朋友一樣陪著他們同行談天，

也終究無法豁免這種共同的命運。

或許，我們終究還是兄弟。

且看吧。

We will ponder your proposition

and when we decide we will let you know.

But should we accept it,

I here and now make this condition

that we will not be denied

the privilege without molestation of visiting at any time

the tombs of our ancestors, friends, and children.

Every part of this soil is sacred

in the estimation of my people.

Every hillside, every valley,

every plain and grove,

has been hallowed by some sad or happy event

in days long vanished.

你們的提議，我們會考慮，

等我們有了決定，就會讓你們知道。

但是，假設我們接受了，

我在此時此地也要先說好條件：

我們祖先的墳墓、朋友和孩童，

不管在任何時候，

都不能受到外人參訪騷擾，

這樣的特權絕對不能少。

在我們族人的眼中，

這塊土壤的每一個部份

都是神聖的。

每一個坡地，每一座山谷，

每一片平原與樹叢，

都因為在已經消失很久的日子裡，

發生過一些悲傷或快樂的事，

而變得神聖不可侵犯。

Even the rocks,

which seem to be dumb and dead

as the swelter in the sun along the silent shore,

thrill with memories of stirring events

connected with the lives of my people,

and the very dust upon which you now stand

responds more lovingly to their footsteps than yours,

because it is rich with the blood of our ancestors,

and our bare feet

are conscious of the sympathetic touch.

即使是那些躺在寧靜的岸邊，

看似寡言、沒有生命的石頭，

只是默默地在烈日下曝曬炙烤，

也會因為記得這些

與我族人生命息息相關而激勵人心的事件感到振奮不已；

就算是你們現在腳下踩的那些塵土，

對他們足跡的反應也會比對你們的腳印更深情，

因為土壤裡富藏著我們祖先的鮮血，

當我們赤足踩上去，

就會感受到那種水乳交流的觸感。

Our departed braves,

fond mothers, glad, happy hearted maidens,

and even the little children who lived here and rejoiced here

for a brief season,

will love these somber solitudes

and at eventide

they greet shadowy returning spirits.

我們逝去的勇士，

深情的母親，歡欣幸福的少女，

甚至那些只在這裡開心地度過短短一季的小孩子，

都鍾愛這種樸實的荒蕪，

並在日暮時分，

迎接那些如陰影般歸來的幽靈。

And when the last Red Man shall have perished,

and the memory of my tribe

shall have become a myth among the White Men,

these shores will swarm with the invisible dead of my tribe,

and when your children's children

think themselves alone

in the field, the store, the shop, upon the highway,

or in the silence of the pathless woods,

they will not be alone.

就算最後一個紅人消失，

而我們部落的記憶

也成為白人之間的神話，

那些海岸依然擠滿了我們部落裡無形的亡魂；

當你們孩子的孩子

在田野、在倉庫、在商店、在公路上

或是在寧靜無路的森林裡，

自以為孤身一人時，

其實他們都不是一個人。

In all the earth

there is no place dedicated to solitude.

At night when the streets of your cities and villages are silent

and you think them deserted,

they will throng with the returning hosts that once filled them

and still love this beautiful land.

The White Man will never be alone.

大地上

沒有任何一個地方是完全的孤絕。

在夜裡，當你們城市和村莊裡的街道悄無聲息，

以為街上空無一人，

其實都擠滿了回歸故里的舊主人，

他們曾經在這裡生活，

到現在依然熱愛這片美麗的土地。

白人永遠都不會孤單一人。

Let him be just and deal kindly with my people,

for the dead are not powerless.

❀

Dead, did I say? –

There is no death,

only a change of worlds.

但願他公正而友善地對待我們族人，
因為亡魂並非軟弱無力。

❀

亡魂？我說了亡魂嗎？
哦，其實沒有什麼亡魂，
只是換到另外一個世界而已。

A Statement,
An Allegory, and A Prophet

宣言、
寓言還是預言？

一個偽托的文本
與一種真實的民族精神

導讀｜廖偉棠 作家·詩人

阿根廷文學大師、著名的「文學偽造者」波赫士與學者艾斯特爾合著的《美國文學入門》，第一章提到一個我從沒留意過的美國詩人菲利普·弗倫諾（Philip Freneau，1752-1832）。作者以典型的波赫士風格講述了他傳奇的人生後，再以典型的波赫士風格評述了他的一首詩：

「更加奇妙的是名為《印第安學生》的一首，講述了一個年輕的印第安小伙子盡數變賣家產、一心想要學習白種人神祕的知識。歷經一番艱苦的『朝聖』，他終於進入了最近的大學，勤奮學習英語和拉丁語。老師們都說他前程遠大，有些覺得他會成為神學家，另一些人說是數學家；但漸漸地，這個小伙子（名字一直沒有出現）疏遠了朋友，開始在森林裡遊蕩。詩人寫道，一隻松鼠很容易打斷他閱讀賀拉斯的頌歌，天文學讓他不安，地圓說和宇宙無盡無窮的觀點讓他充滿恐懼和不確感。一天早上，小伙安靜地離開了，正如他安靜地來——他回到了自己的叢林和部落。這首詩歌同時也是一個故事，精巧的敘述使人幾乎不會懷疑其真實性。」

很明顯地，除了常見於波赫士小說裡的異族世界觀衝突，另一讓波赫士著迷的就是「精巧的敘述使人幾乎不會懷疑其真實性」。自從波赫士獲得了西方文學的權威地位，他所繼承的歐洲古典文學的「偽托」虛構寫作傳統也成為文學正典，慢慢地，除了考古學家，沒有人介意文本的真偽，更多人著重的是文本超越真偽之外的力量，無論是藝術力量還是道德力量。

這種力量，可以簡稱「寓意」，寓意是可以超越原意的。上述文本傳遞的力量是：所謂的野蠻人所代表的世界觀不一定會臣服於「文明人」的世界觀。文本用「離開」給文明人讀者拋下一個懸念：到底是他的世界還是我們的世界出了問題？

菲利普・弗倫諾囿於他的時代和身分，不可能直接給出答案。但差不多一百年後，一個類似的故事和文本在美國流傳，並且更清晰和有力地指向上述問題的答案：**不是印第安人的世界觀出了問題，而是白人所依賴的種種侵略的說詞，不但是謊言，而且最終會毀滅這個我們共生的地球。**

這個文本就是本書《西雅圖酋長宣言》，有意思的是，當《西雅圖酋長宣言》再流傳、並廣泛影響西方社會上百年之後，一九八五年，一個美國國家檔案館的員工傑瑞・克拉克（Jerry L. Clark）投書《序言》雜誌，考據得出《西雅圖酋長宣言》乃偽托作品的結論。因為現存的歷史檔案根本找不到宣言的原始文本，親歷西雅圖酋長與當時殖民長官會面的人也沒有相關記憶。

我想，從那一刻開始，《西雅圖酋長宣言》應該可以改名為《西雅圖酋長寓言》，而即使改名、即使被證偽，也毫不影響它的力量，因為我們都接受寓言是超越性的文本。當然，傑瑞・克拉克還是提出了他的深度質疑，他懷疑這篇宣言是時任酋長與殖民者對話譯者的一位詩人史密斯醫師（Dr. Henry A. Smith）的偽作，然後他判決：「這篇令人難忘的聲明若只是一名拓荒醫師的文學創作，而不是一位口才便給、聰明睿智的印地安領袖的想法，其道德力量與正當性就蕩然無存。建立在謊言上的高尚思想，就失去了高尚性。」(參見頁89)

❀

很抱歉，我完全不認同這個判決。《西雅圖酋長宣言》的時代意義很明顯，不止於印地安人的控訴，它是一個象徵，呼喚既有「文明」重估一切價值；它是一聲棒喝，讓我們暫緩侵略性的對待自然生態的行為，雖然一直到一九五〇年代之後生態主義才把它發揚光大；它還是一個預言，對百年後下一個世紀泥足深陷於晚期資本主義的寄生循環裡的我們，所面臨的末日的預言。

而且，它是一個懺悔，一個提早覺醒的白人知識分子（不管是不是史密斯醫師）的懺悔行為，因為這個懺悔，他替他的種族與階級贖罪，這一行為是閃光的，配得上它所嚮往的印地安酋長的道德高度。

當然，使它流傳甚廣，成為日後類似文本的標桿的，是它優秀的文字。《西雅圖酋長宣言》的文學意義也很明顯，這篇散文詩一般的宣言，前半部分令人想起舊約聖經的申冤、呼號體（它在黑人靈歌中也發揚光大），後半部與真正的印地安靈性文學相呼應。這篇宣言是一個同時熟悉西方經典、印第安神話的修辭風格和現代文學共情能力的人創造的，他可以不是史密斯醫師，可

以是菲利普·弗倫諾，也可以是約翰·G·內哈特（John G.Neihardt）——

　　後者參與製造的一個神話，是與《西雅圖酋長宣言》相媲美的《黑麋鹿如是說》（*Black Elk Speaks*）。 那本一九三二年出版的書裡，詩人內哈特「描寫了一位生活在拉科塔族奧格拉拉部落聖人（黑麋鹿）的生平故事，其獨具詩意的渲染力扣人心弦，帶領讀者進入一個充滿象徵意義和他人的世界。我們借由內哈特瞭解黑麋鹿的經歷，並非是通過分析拉科塔族古老的宗教生活，而是正如內哈特與黑麋鹿首次見面後寫的那樣，通過洞察這位聖人『光芒萬丈的內在世界』。」

　　這是人類學者、印地安文學研究者雷蒙德.J.德馬里所總結的，他編了一本《第六位先祖：黑麋鹿對約翰·G·內哈特說》，裡面通過原始訪談紀錄的披露，說明了著名的《黑麋鹿如是說》並非完全是對印地安聖人黑麋鹿的訪談，而是混雜了大量白人詩人內哈特對印地安神祕主義文化的領悟、嚮往乃至虛構，當然也有他對印地安人命運的同情而致的詩意抒情發揮 ——儘管他和他筆下的

黑麋鹿等印地安倖存者都有不怨天尤人的高貴品格，但普通讀者還是會被夾雜在各種靈性幻象體驗之間那些血淋淋的印地安滅絕史所震驚、負疚。

內哈特承認，「那份經歷對他和我們來說都『奇異而美妙』，兩人在智慧和情感上實現了契合，並進一步走向創造式的合作，這種神祕的契合關係讓這本書的敘述有了人文的一面。」這既是這本書創作的真相，但也是一個隱喻，說明了為什麼這本書在冷落數十年後，先是被榮格發現和推崇（榮格除了是心理學家，也是神祕主義哲學家），繼而在一九六〇年代美國嬉皮一代中引起轟動，印地安人的幻象成為新一代心靈革命追求者的另類指南。

內哈特還說過：「書的開頭和結尾都是我自己的內容，我認為當時如果黑麋鹿能夠說出來，他也是會這麼說的。」這種自信，當然可以被再批判為白人精英的僭越，但也是內哈特基於神祕主義的「冥契」（Mysticism的信達雅之譯）而帶出的超越宗教、民族和階級的一種未來新人的道德觀的期許。

✿

　　讀者也許會發現，為什麼這樣創造偽托文本的都是詩人？這一點，也許和詩人們傾慕的印地安人的詩意特質有關。在上世紀六十年代著名的「印地安文藝復興」運動的代表作《日誕之地》裡，我們發現印地安人是天生的詩人，因為他們就像藍波所説的「靈視者」（象徵主義詩歌的經典隱喻）那樣，注視著無法看見的景象：

　　「他們看見的是一種根本不存在的東西，是現實世界中不存在的那種虛無。只有超越表象，超越形狀、影子和顏色，他們才能看見那種虛無。只有看到那種虛無，他們才會變得自由、強大、完滿、超然。只有慢慢、一步步地，最終才能看到那種虛無……透過雲層和蒼白的天幕，他們看見現實世界中不存在的那種虛無。『超越群山』就是指超越群山代表的一切，超越群山所代表的表象……那兒是終極的現實。」

《日誕之地》（*House Made of Dawn*）是印地安詩人納瓦雷·斯科特·莫馬迪（Navarre Scott Momaday）的成名作，一九六九年獲得美國文學最高獎普立茲小說獎——這為「印地安文藝復興」運動拉開了序幕。這部小說用複雜的時間線與多重視角，編織起一個現代印地安人阿韋爾困頓絕望的個人命運與印地安歷史的糾纏，帶出的是整個印地安族群日益被邊緣化的處境，但莫馬迪依然往族人的命運裡傾注了希望的力量。

這本小說讓我想起日本小說家中上健次《日輪之翼》等關於日本「被差別」部落民的悲憫又狂誕的作品，也讓我聯想香港青年作家如鍾耀華《時間也許從不站在我們這邊》、韓麗珠《黑日》等作品。印第安遺族、部落民、香港青年，三者的關聯令人五味雜陳。

莫馬迪令人印象深刻的還有他重寫印地安神話的散文詩集《通往陰雨山的道路》，（*The Way to Rainy Mountain*），在這本更為明亮和自信的作品裡，古老的印地安人用詩的語言與想像力，在教導我們各種新的看事物的方法和新的世界觀，這也跟《西雅圖酋長宣言》、

《黑麋鹿如是說》的價值輸出異曲同工。不得不承認，莫馬迪、阿韋爾們的天真坦率、對自然和泛神的信任，會讓那個時代的進步白人們自慚形穢，兩者的結合會、甚至已經在重新定義一個美國、重塑一個新的龜島（部分北美印地安人對北美洲的稱呼）文化。

印地安人的絕境是一把雙刃劍，正如印地安詩人奧蒂茲（Simon J. Ortiz）在其詩集《美好旅途》（*A Good Journey*）中指出：「唯一活下去的方式就是說故事，別無他法。你的後代將無法生存下去，除非你告訴他們是如何來到這個世界的、又該如何繼續下去。」這是另一種宗教的「道成肉身」──印地安文藝復興因為這種絕望的覺悟而誕生，並且與整個一九六○年代美國的 Beats 垮掉派文學、生態文學等接軌。

　　「別告訴我

　　　如何生活

　　　我一直這樣生活。

　　　　　　　　　　──一個抗議的聲音」

西蒙·奧蒂茲在詩《風與冰川聲》裡寫道。從中我們終於看出這一個印地安文明逆襲史的脈絡，從虛構話語權（《西雅圖酋長宣言》）、到合作話語權（《黑麋鹿如是說》）到自主話語（印地安文藝復興）。下一步必然就是輸出話語，作為種族「弱勢」的印地安民族，反而在靈性的覺悟上成為了戰勝者白人們的老師。

✿

其中一位在印地安文化中受教良多的重要美國詩人、作家，就是加里·斯奈德（Gary Snyder）。除了總所周知的來自中日禪宗、古詩的影響，斯奈德其實從來沒有放棄過與他誕生地美洲本土的印地安文化的連結，尤其是對後者忠實於日常神祕的那種率性自由的學習。

早在一九六七年、斯奈德三十七歲寫的《談詩歌是生態的生存技能》一文裡，他就指出「『原始派藝術家』是那些保持著無文字、無政治，與此同時在文明社會傾向於在忽略的方向上進行著必然的探索和發展的群體。他

們使用極少的工具，與歷史毫無關聯，接觸鮮活的口頭文學而非積累的藏書，沒有高於一切的社會目標，擁有充分的性自由和內心生活，痛快地活在當下。」這裡的「原始派藝術家」就是指印地安等部落神祕文化的身體力行者。

戰後美國最偉大的兩個詩人：來自波蘭的逃亡詩人米沃什（Czes aw Mi osz）與寄跡山林的斯耐德，分別代表了當代詩人的文明責任（基督教傳統的）與荒野責任的兩極，而後者也負擔另一種、新的文明責任。斯奈德詩中的責任感，可以說是印地安人給予他的，比日本禪宗老師給他的多得多。

「我們都知道原始文化缺乏什麼。可原始文化的確擁有關聯和責任方面的認知，這種認識實際上是一種為整個群落而進行的精神上的苦行……薩滿詩人僅是指那些能夠輕鬆地介入形形色色的幽靈的思想及其生活，並為夢幻獻歌的人……階級化的文明社會是一種大眾自我。超越這種自我，也就是超越了社會。『超越』在於內心的潛意識。外在的潛意識等同於「荒野」。這兩個術語聚到

一起時，就會更進一步，合二為一。」我們可以看到在斯奈德文中出現的「幽靈」正是《西雅圖酋長宣言》裡的「亡魂」，成為不滿足於此世生活的人的引領者。(參見頁53)

斯奈德於一九七四年、四十四歲的時候出版的詩集《龜島》(Turtle Island)，更是明確地以命名的選擇來表達了自己的立場：「美國」並非必然「優先」的命名，這個書名對當下的美國「白人優先」主義者打了一個提前的耳光。詩集中有一首長詩《母親大地：她的鯨魚們》，簡直是接替《西雅圖酋長宣言》而宣戰：

「萬物中人真的最珍貴？
　——那就讓我們愛他，和他的兄弟，那所有
　正在逝去的生靈——
　北美，龜島，被入侵者佔領
　　他們在全世界發動戰爭。
　願螞蟻、鮑魚、水獺、狼和麋鹿
　起來！掙脫它們在
　　機器人國度的困境。」

㊊

　與此同時，生態主義的文學餘波漸漸擴散到世界各處，甚至香港。作為香港最好的小說家之一，吳煦斌在她前往美國聖地亞哥大學讀生態學碩士之前，已經在香港寫出了小說集《牛》的過半作品，它們都有著樸素的「荒野優先」的世界觀。

　一九八〇前後，吳煦斌寫出〈獵人〉〈牛〉和〈一個暈倒在水池旁邊的印第安人〉這三篇最重要的作品。和加里斯奈德在《禪定荒野》(*The Practice of the Wild*) 文集裡所寫那樣的荒野檄文不同的是，它們不是一種群體的立場指引，而是在文學的領域裡個別個體的自由抉擇。當獵人說「口中有一棵樹的豹是不能殺的」，那就是文學的法則凌駕了荒野法則。無論這是印地安人的文學還是吳煦斌的文學，這只豹子都可以與口中的樹共存，這不只是一種生態主義的隱喻，也是拉美的魔幻現實文學的東方回聲。

　而在〈牛〉裡我們可以看到，古老的但是被命名為「童」

所代表的文明，來重新定義「成年」的文明。那個神祕的不說人話的少年「童」——「他聽事物的聲音叫他們的名字，沒有聲音的，他依據形狀、氣味、嗅覺和觸撫……他不說顏色，他說具有那顏色的果物和自然。他隨他的所見做字，在不同的投入裡改變已定的聲色。」於是，世界像換了一個——世界又何嘗不好換一個呢？

〈一個暈倒在水池旁邊的印第安人〉恰巧也是偽托作品，文本偽裝成一失蹤了的中國人留學生留下的紀錄，他在滅族的印地安人幸存者身上找到自己背離「文明」的西方研究所出走的理由。

❖

必須承認「偽托」在歷史上作為觀念革命推動力量的必要性，古代有各種民眾的心聲，就偽托成帶有預言、讖言性質的童謠而流傳，達到煽動變革的目的。現在我們面臨過度發達資本主義而來的病：浪費與瘟疫，我們在網路上也出現很多偽托作品——不過偽托成為了隱喻，

我們偽托成另一個我們的臉孔出現在臉書等社交媒體上，宣示一個理想狀態的超我身份，但能否坐言起行像斯奈德、吳煦斌他們那樣呢？則不得而知。

疫情（以及人禍）帶來的全球經濟暫停，正好是反思契機，近年日本的「斷捨離」生活、法國的不消費拾荒生活、美國的Nomadland新遊牧生活方式，這些都呼應了《西雅圖酋長宣言》，所以我們更確定宣言也是預言：「實際上上帝給我們這個世界是足夠我們和所有生命共享的，我們需要的只不過是重新分配」──墨西哥查巴達游擊隊的童話詩人馬柯士（Subcomandante Marcos），該不是最近一個重申西雅圖酋長的希冀的人。

如果說《西雅圖酋長宣言》代表了一種民族精神，那也不只是印地安民族獨有的，而是屬於所有願意選擇共享這個地球的餘暉的人：我們將結成一個新的民族、尊重真實又樂於幻想的大地遊牧者。

Thus Spoke Chief Seattle: The Story of An Undocumented Speech

西雅圖酋長
如是說

一篇未曾有文獻記載的演說

文 ｜ 傑瑞・克拉克（Jerry L. Clark）

米拉德・費爾摩（Millard Fillmore）是第一個在白宮裝上浴缸的人嗎？貝西・蘿絲（Betsy Ross）是在喬治・華盛頓的要求之下，第一個製作出美國國旗的人嗎？寶嘉康蒂真的救了約翰・史密斯船長一命嗎？對本土歷史所知有限的美國人對上述三個問題，大多會回答「是」；至於歷史學家的答案則分別是一定不是、可能不是、也許是。米拉德・費爾摩的故事，是一九二〇代的一位記者孟肯（H. L. Mencken），在某一天沒有新聞可寫的情況下捏造出來的；貝西・蘿絲的故事依據的是可疑的證據；至於寶嘉康蒂，在史密斯船長宣稱是她從酋長的斧頭下救了他一命時，年僅十一歲，而史密斯向來不是以誠實聞名。

雖然本文與米拉德・費爾摩、貝西・蘿絲或寶嘉康蒂都沒有關係，但是卻牽涉到一個或多或少類似的事件，至今仍存在美國神話之中。以下討論的這篇演說，據傳是一名印地安酋長在一八五五年說的，在當代浮出枱面之後，就一直被用來證明並強化我們對待早期美國原住民與自然環境的態度。既然這些話被拿來做為宣傳與論辯的用途，那麼西雅圖老酋長對於美國印地安人及其世界遭受的悲慘命運與不公不義的這番教義問答，我們自

然應該仔細檢驗其歷史與文學來源。

這樣的分析必須從這篇演說的起源開始說起。據說這番話是普吉特海灣（Puget Sound）的杜瓦米希族（Duwamish）與索瓜米希族（Suquamish）印地安人族長西雅圖酋長[1]，在現今華盛頓州的都會區，對當時華盛頓領地總督以撒克‧英格爾斯‧史蒂文斯（Isaac Ingalls Stevens）所說的，時間是一八五四年或一八五五年：

> 不知道多少個世紀以來，遠方的天空曾經在我們先祖的頭頂上流下憐憫的淚水……白人酋長的兒子說，他父親捎來友情與善意的問候，他真是太仁慈了，因為我們都知道，他不需要我們的友誼回報，因為他的子民眾多，多的像是覆蓋大草原的青草；而我們族人寥寥無幾，宛如暴風雨肆虐後，散落在草原上的樹木。……我們族人曾經遍佈這整片土地，正如同被風吹皺的海，掀

1　正確拼法應為Sealth，但是他也因為以他的名字命名的城市西雅圖（Seattle）而廣為人知。Frederick Webb Hodge, ed., "Seattle," *Handbook of American Indians North of Mexico* (1913)。

起海浪，覆蓋鋪滿貝殼的海床；但是那個時代早已不復存在，一如部落的崇高偉大，幾乎已經被人遺忘……就算最後一個紅人消失，而我們部落的記憶也成為白人之間的神話，那些海岸依然擠滿了我們部落裡無形的亡魂；當你們孩子的孩子在田野、在倉庫、在商店，或是在寧靜無路的森林裡，自以為孤身一人時，其實他們都不是一個人……白人永遠都不會孤單一人。但願他公正而友善地對待我們族人，因為亡魂並非軟弱無力——亡魂——我說了亡魂嗎？哦，其實沒有什麼亡魂，只是換到另外一個世界而已。[2]

此外，據說西雅圖酋長還在一八五五年寫了以下這封信給富蘭克林‧皮爾斯（Franklin Pierce）總統：

2　引文出自T. C. *McLuhan, Touch The Earth, A Self Portrait of Indian Existence* (1971)。也有其他版本，文字亦有出入，請參見Virginia I. Armstrong, I Have Spoken (1971) 以及W. C. Vanderwerth, Indian Oratory (1971)。這些選集都未能提供這篇演說可考的出處。

在華盛頓的大酋長說他想買我們的土地……我們
會考慮您的提議，因為我們知道，就算我們不同
意……白人可能會帶著槍來奪走我們的土地……
天空——大地的溫馨——怎麼能夠買賣呢？對我
們來說，這想法多奇怪啊！然而空氣的清新與流
水的晶瑩，都非我們所有……大地的每一部份，
對我的子民而言，都是聖潔的……當野牛全都遭
到屠殺，當野馬全都被人馴服，當森林中最隱密
的角落也充滿了人味，當美麗的山丘景觀全都遭
到電話線破壞時，叢林哪兒去了？不見了！老鷹
哪兒去了？不見了！[3]

但是這些話，真的是那位若非此事否則在歷史上名不
見經傳的印地安老人，在一百多年前所說的嗎？西雅圖
老酋長的話鏗鏘有力、擲地有聲，至今仍能引起共鳴。

---

3 引文出自 "Letters to the Editors," *Washington Star and Daily News*
(May 28, 1973)。西雅圖這封信的某個版本啟發了一位後世的美國
最高法院大法官，鼓舞他一輩子追求環保志業 (William O. Douglas,
Go East, Young Man [1983])。

這是探索他們起源的一份中期報告。

　　在這份大家公認是那位老酋長發表的講演中表達出來的情緒，與那些認為美國拓荒者開發土地，摧毀了印地安世界的人不謀而合；而被視為是西雅圖酋長寫的那封信中所反映出來的態度，也與那些認為我們的工業社會對自然環境造成了傷害，並且深感不安的人遙遙呼應。這位印地安族代言人所說的話，透過報紙與電視的傳播一再引用，傳遞給更多的人。[4] 在史密森博物館的「眾國之國」（Nation of Nations）展覽中，也包括了據稱是西雅圖酋長演說的一部份，讓每年到我國首都參訪的數以千計民眾都看到這段話。雖然這位酋長的雄辯口才廣為流

4　*Wildlife Omnibus* (Nov. 15, 1973) 書中引用了不同版本的西雅圖「談話」，都出自 Environmental Action (Nov. 11, 1972)，而後者的來源是「西雅圖地球之友會」（Seattle Friends of the Earth），據說他們是在西雅圖公立圖書館（Seattle Public Library），但是圖書館現在對此文件一無所知。有部電視紀錄片使用了知名拉丁文學者 William Arrowsmith 的「翻譯」，但是他現在坦承只是根據一個十九世紀的文本加以潤飾。這些不同版本均可見於 Janice Drammayr, "'The Earth is Our Mother,' Who Really Said That?" *Seattle Sunday Times* (Jan. 5, 1975)。

傳，但是在真實的歷史中，卻不曾找到確鑿的證據。

國家檔案館、史密森學會、國會圖書館等機構，每年都會收到無數的要求，想要一睹據稱是這位老酋長文告的真跡；美國新聞總署也曾經接獲國外的個人或機構提出類似的請求。可惜的是，沒有人能夠真的找出這封信的原文或是這篇演說的可靠文本。

西雅圖酋長寫給皮爾斯總統的這封信，據說是真的，但其實非常可能是偽造的。別的暫且不說，這封信中指控白人習慣從「鐵馬」的窗戶射殺水牛——對於這位一輩子不曾離開喀斯喀特山脈西麓，也因此從未見過鐵路火車，沒見過水牛的西雅圖來說，還真是了不起的觀察。一位印地安人在一八五五年寫了一封與印地安政策有關的信，還指名要交給總統，應該需要經過十九世紀官僚體系的一番繁文縟節：首先必須經過當地的印地安事務官西蒙斯上校（Col. M. T. Simmons）之手；再由印地安事務總監以撒克·史蒂文斯總督，轉交給印地安事務專員；再轉給內政部長辦公室；最後才會交到總統的手上。

然而，在國家檔案館搜尋印地安事務管理局和內政部長辦公室的檔案記錄，以及在國會圖書館搜尋富蘭克

林‧皮爾斯的總統文件，都找不到這樣一封信的蛛絲馬跡；即使在新罕布夏歷史學會的皮爾斯私人文件收藏中，也找不到這封信。西雅圖不識字[5]，這是眾所周知的事，因此寫出這個訊息的，想必另有其人——可是，這封在一八五五年寫的信，卻找不到任何文本來源。因此，我們大可以認定這份廣為流傳的文件，並不是歷史文件，而是某人以豐富的文學想像，創造出來的工藝品。

歷史上的西雅圖酋長是杜瓦米希族和其他幾個較小的相關部落的頭目，居住在普吉特海灣的沿岸地帶。一八五二年，美國人在阿爾凱角（Alki Point，在杜瓦米希族語中是「不久」的意思）建立了一個小小的屯墾區，拓荒客以當地印地安酋長的名字，替他們的村落命名為西雅圖。[6]一八五三年三月，華盛頓領地從奧勒岡區畫分出來，但是卻一直到當年十月，三十五歲的新任總

---

5 Clarence B. Bagley, "Chief Seattle and Angeline," *The Washington Historical Quarterly*, 22 (Oct. 1931): 251。Angeline是酋長的一個女兒。

6 Hodge, *Handbook of American Indians*, p. 493。酋長每年都向以他命名的鎮上居民收一點錢，做為使用他名字的權利金。

督以撒克・英格爾斯・史蒂文斯才抵達首府奧林匹亞（Olympia）履新。

當時，橫越美洲大陸的鐵路正在籌劃中，北部路線正好經過史蒂文斯的領地上這片杳無人煙的荒野之地，因此他急著想要去勘查；另外，他也下達指令，跟許多印地安部落協商割讓土地之事。因此，史蒂文斯總督花了很多時間在整個太平洋西北海岸地帶探勘，參加協議談判的會議。[7]因此，我們必須先了解他在此地行經的路線歷程，才能決定據稱是西雅圖演說可能發生的時機。

西雅圖酋長的獨白文本，經常收錄在美國印地安文學或演講的選集裡，但是大多沒有註明出處。這篇演說最主要的出處，是約翰・李奇（John M. Rich）在一九三二年寫的小冊子，這本冊子目前西雅圖歷史學會與國會圖書館仍然各自收藏了一份。[8]而李奇先生則是引述一八八七年一份西雅圖報紙上的文章，作者是亨利・史密斯醫師（Dr. Henry A. Smith），他將杜瓦米希族酋長的演說重新組合，至於演講的場合則是「史蒂文斯總督首次抵達西

7　Hazard Stevens, *Life of Isaac Stevens* (1900), 455-465。

8　John M. Rich, *Chief Seattle's Unanswered Challenge* (1932)。

雅圖，告訴當地原住民，他已經獲得任命為華盛頓領地的印地安事務專員」；根據李奇的記載，此事發生的日期是一八五四年十二月。[9]

根據西雅圖幾位在地的歷史學家說，史密斯醫師精通杜瓦米希族語，因此可以逐字記錄西雅圖的演說。史密斯醫師來自俄亥俄州，早在一八五三年，就在西雅圖附近的「史密斯灣」（Smith's Cove）佔地建立家園，並且擔任當地學校校長和領地立法會的監督。替他作傳的人宣稱他「擅長醫術，並且是天賦異稟的詩人，罕見的學者、文采斐然的作家」[10]。具有如此雙語天分的人才，當然會在史蒂文斯總督與普吉特海灣原住民交涉時，受到重用，發揮長才。

在一八五三年到一八五六年間，以撒克・史蒂文斯顯然只造訪了西雅圖地區三次，也只有這三次機會得以親耳聽聞史密斯醫師筆下的這篇演說。對於史蒂文斯在

9　同前註，p.31。史密斯醫師文章也見於 *Seattle Sunday Star* (Oct. 20, 1887)。

10　Frederick James Grant, ed., "Dr. Henry A. Smith," (1891). *History of Seattle, Washington* (1891)；亦詳見 Archie Binns, *Northwest Gateway, The Story of the Port of Seattle* (1941)。

一八五四年一月第一次去西雅圖，我們所知不多；記錄上說，是在普吉特海灣航行途中的短暫停留[11]。兩個月後，他以軍事特遣隊領袖的身份再次造訪，目的是抓拿某個殺害了一名拓荒客的印地安人；在與西雅圖酋長和司諾瓜米族帕坎南酋長（Chief Patkanan of the Snoqualmies）劍拔弩張的會晤中，史蒂文斯做了自我介紹，並且說明來意，勘測員喬治‧吉布斯（George Gibbs）後來回憶說：「西雅圖講了一番很棒的話，表明他對白人的善意。」[12]這就是史密斯醫師記錄的那篇演講嗎？顯然不是，因為另外一位當地居民路德‧柯林斯（Luther Collins）負責擔任翻譯，將英語譯成奇努克語（Chinook）──普吉特海灣部落進行貨物交易時使用的語言──再由一名印地安人翻譯成當地語言。顯然在此次衝突中，史蒂文斯並沒有用到史密斯醫師及其語言技巧。事實上，在記錄中，史密斯醫師並沒有出席這次的會議。[13]

11 Stevens, *Isaac Stevens*, p. 317-417。

12 *Records of the Washington Superintencency, 1853-74*, NARA Microfilm Publication M5, roll 23。

13 同前註。

一八五四年三月，史蒂文斯總督啟程前往華府，停留了很長的一段時間，其間，與戰爭部長傑佛遜・戴維斯（Jefferson Davis）為了計劃中橫越美洲大陸的鐵路路線發生了爭執，兩人相持不下。總督一直到一八五四年十二月初，才返回奧林匹亞與華盛頓領地。一八五四年十二月二十五至二十七日，他在立法會發表了演說，並且在梅迪森溪（Medicine Creek）參加了與尼斯瓜利族（Nisqually）與普亞勒普族（Puyallup）印地安人的協議會談。[14]

一八五五年一月二十一日，他到西雅圖南邊的慕雷托（Muleteo），又名艾略特角（Point Elliott），與杜瓦米希族、司諾瓜米族和司卡基特族（Skagit）部落族人會面，許多引用史密斯醫師版本的書籍，都將西雅圖酋長的演講放在艾略特角條約（Point Elliott Treaty）的議約會議這個場合，儘管史密斯醫師本人在一八八七年的報告中，並未明確指出日期，可是史密斯確實提到西雅圖對於提出的協議中有關杜瓦米希族保留地的反應（此乃艾略特

14 Stevens, *Isaac Stevens*, p. 417。

角條約的部份內容）。[15]

　這次會議的「會議記錄」收藏在國家檔案館的印地安事務局內，其中包括了西雅圖酋長的發言內容如下：

　我視你如同自己的父親，我和其他族人都是如此看您。所有的印地安人對您都有相同的感覺，也會將這樣的感覺形諸文字，寄送給偉大的父親。所有的男女老幼，無不歡欣鼓舞，因為他派您來照顧他們。我的心思與您一致，所以毋需多言。我心裡非常喜歡梅納德醫師（Dr. Maynard）［一位在現場的醫師］，也始終都想要跟他拿藥。

　如今，我們就此結為朋友，過去若有任何芥蒂，也都拋諸腦後。我們都是美國人的朋友。所有的印地安人都有相同的想法。我們視您如同自己的

---

15 Dr. Henry A. Smith, *Seattle Sunday Times* (1887)。史密斯臨終前，再次向 Vivian M. Carkeek確認這篇演說的真實性，而後者在臨終前，又告訴 Clark B. Belknap，然後他再告訴John M. Rich。詳見 Rich, *Seattle's Unanswered Challenge*, p. 45。

父親，這樣的心永遠都不會變，可是既然您到這裡來看我們，我們也永遠都是一樣的。好了，好了，請送出這份文件吧！[16]

在正式的記錄中，這是西雅圖酋長唯一說過的話。

史密斯醫師的名字，並未出現在艾略特角議約會議的出席人員名單之中。一九〇三年，為西雅圖酋長作傳的作者去採訪[西雅圖提到的那位]大衛‧梅納德醫師（Dr. David S. Maynard）的遺孀，她也不記得聽過西雅圖說過任何像是史密斯那個版本中的話。[17]當年的官方通譯員蕭上校（Col. B. F. Shaw），一直活到二十世紀，也從來不曾提過這番出色的演說。[18]另外一名現場目擊者是總督的兒子賀澤德‧史蒂文斯（Hazard Stevens），但是在

---

16 *Documents Relating to the Negotiation of Ratified and Unratified Treaties With Various Indian Tribes, 1801-69*, NARA Microfilm Publication T495, roll 5.

17 Frank Carlson, "Chief Seattle," *Bulletin of the University of Washington*, Vol. 3 (1909)。

18 Ezra Meeker, *Frontier Reminiscences of the Puget Sound* (1905)。

一八五五年時，他年僅十二歲。此外，有一名印地安老人事後回憶說，在簽約前的梅迪森溪會議中，他跟賀澤德·史蒂文斯「相處得非常融洽，大人在談話時，我們一起吃著糖蜜，吹口簧琴，根本不知道他們在談論些什麼。」[19]

艾澤拉·米克（Ezra Meeker）曾經對史蒂文斯總督的印地安政策提出嚴厲的批判，還指控史蒂文斯在這場會議中喝得醉醺醺的，甚至制止尼斯瓜利族印地安酋長萊思奇（Chief Leschi）說話，這些在官方記錄中都有記載。米克本身就是華盛頓領地的拓荒客，如果他知道西雅圖曾經說過這番論述，當然會加以利用來對付史蒂文斯。米克採訪過在艾略特角擔任通譯的蕭上校，所以這篇演說如果真實存在的話，他應該會知道。[20]

當代證據付之闕如（在奧林匹亞發行的領地報刊對於西雅圖酋長在一八五五年的這篇激情演說完全隻字不提），也沒有這篇演說的杜瓦米希族語文本或是史密斯醫師的筆記，還有史蒂文斯與西雅圖見面時據我們所知

19 同前註， p. 240
20 同前註，p. 234。

在場的一干人等均默不作聲，再加上官方的條約會議記錄中都沒有提到這篇演說，在在都讓人強烈質疑史密斯醫師在一八八七年憶往的正確性——也就是據稱發生此事的三十二年之後。因此，我們既無法證實（除非有新的證據出土），也無法否認這篇鏗鏘有力、說服力十足的論述，真的是出自這位印地安酋長之口。到目前為止，這個公案的判決肯定是古蘇格蘭法律中所說的：「無法證實。」

　　或許是史密斯醫師誤譯了西雅圖的話；或許是他記錯了一八五五年發生的事；或許是他將好幾個人說過的話，組合成一篇條理清楚、口氣一貫的文字，再加上一些維多利亞時代的修辭文采；又或許這根本就是他自己文學靈感的創作。或許，即使主司歷史的繆思女神克萊歐（Clio）再世，也無法質疑這篇「偉大印地安民族的葬禮演說」[21]，因為它可能已經轉進神話領域，早就不在抱

---

21 Rich, *Seattle's Unanswered Challenge*, p. 12。李奇顯然寫了這篇演說中最令人難忘的結語：「亡魂——我說了亡魂嗎？哦，其實沒有什麼亡魂，只是換到另外一個世界而已。」在史密斯醫師一八八七年的文章中，並沒有這段文字。

持懷疑論的歷史學家所能掌控的範疇。

　話說回來，我們討論的這篇演說究竟是西雅圖酋長在一八五五年説的，抑或是史密斯醫師在一八八七年寫的，到今天真的還有什麼差別嗎？當然有，因為這篇令人難忘的聲明若只是一名拓荒醫師的文學創作，而不是一位口才便給、聰明睿智的印地安領袖的想法，其道德力量與正當性就蕩然無存。建立在謊言上的高尚思想，就失去了高尚性。西雅圖酋長號稱「無人接受的挑戰」，也因為來源可疑又含糊曖昧，使其無法成為有力的佐證。歷史記錄指稱這個名為西雅圖的人天性順從被動，跟那個説話擲地有聲，在我們這個時代引起廣大迴響的反叛、憤怒形象完全不符。[22]

---

22 編按：本文篇名"Thus Spoke Chief Seattle: The Story of An Undocumented Speech"原刊載於一九八五年春季出刊之《序言》雜誌第十八卷第一期，引自「國家檔案館」（National Archives），作者傑瑞‧克拉克（Jerry Clark）曾於此任職。

歷史背景與文件

整理／編輯室

西雅圖酋長（Chief Seattle, 1786~1866）父親是索瓜米希族（Suquamish）酋長，母親是杜瓦米西族（Duwamish）酋長的女兒。因為母系傳承，所以西雅圖酋長被認為是杜瓦米西族人。

十九世紀，美國拓展領土已達北美洲西北角，當地居住著許多印地安部落。美國政府欲買下位於現今華盛頓州普吉特灣（Puget Sound of Washington）附近的二百萬英畝土地。當時，西雅圖酋長向華盛頓特區首長發表了一篇演說，他誠摯地籲求人與人、人與土地應該和諧共處，傳達了印地安人對大地自然的詮釋與崇敬，流露出對土地的關愛與依戀。

直到今日，這篇演說仍是人類對自然的闡述中，最真摯的作品之一，被後世不斷詮釋、改寫、再創作，產生深遠的影響。

✢

西雅圖酋長一八五四年一月發表的演說，影響深遠，卻也是許多歷史辯論的主題。有一個重要的事實是，酋長的談話不存在任何直接的原始檔案，所有已知文本，都是第二手的記錄。

根據華盛頓州立圖書館、國家圖書館員南希・祖西（Nancy

Zussy）的研究，西雅圖酋長的演說，目前共有四本版本流傳：

■ 第一個版本：即本書收錄之版本，於一八八七年十月二十九日在《西雅圖星報》由亨利・史密斯醫師（Dr. Henry A. Smith）於專欄中發表。他非常清楚地表明，他的版本不是精確的副本，而是他從當時的筆記可以總結出來的最好的版本。西雅圖酋長當時的演說究竟使用哪一種當地方言（杜瓦米希語 Duwamish、索瓜米希語 Suquamish）尚無定論。但無論他演說時是使用哪一種方言，研究者皆同意當場應是以奇努克（Chinook）土語（這是約三百字的商用術語）進行口譯後，再譯為英文，因為西雅圖酋長從未學會說英語。依照索瓜米希族（Suquamish）口述歷史，史密斯醫師此後數年曾數度拜訪西雅圖酋長討論他的演說內容，以便能夠真正傳達他的本意。

■ 第二個版本：由詩人威廉・艾洛史密斯（William Arrowsmith）在一九六〇年代後期撰寫。不同於史密斯醫師的維多利亞風格，他嘗試採用更為現代的語言風格進行改寫。除了此一現代化語感的嘗試之外，內容與第一個版本非常相似。

■ 第三個版本：可能是最廣為流傳的版本。此版本是德克薩斯大學教授泰德・佩瑞（Ted Perry）所編寫的一份虛構的演說詞，作為影片《家園》（Home）劇本的一部分。該影片製作人並進一步將之改寫為「致富蘭克林・皮爾斯總統的一封信」（A letter to President Franklin Pierce），該信經常被轉載。但西雅圖酋長從未寫過這樣的信。

■ 第四個版本：出現在華盛頓州斯波坎市 '74 世博會（Expo '74 in Spokane, Washington）的展覽中，是泰德・佩瑞（即第三個版本）劇本的簡化版。

一九八二年，索瓜米希博物館（Suquamish Museum）館員在請教該族諸位長老後，認為第一個版本最接近西雅圖酋長的原意，即本書採用之版本。

◇ 本書收錄文件

西雅圖酋長一八五四年宣言，第一版。最早出現在一八八七年十月二十九日出刊的《西雅圖星報》，由亨利・史密斯醫師執筆的專欄。

"Chief Seattle's 1854 Oration" version 1. Originally published in a column by Dr. Henry A. Smith in the *Seattle Sunday Star*. October 29, 1887.

〈西雅圖酋長如是說：一篇未曾有文獻記載的演說〉。作者傑瑞・克拉克（Jerry Clark）。原刊載於一九八五年春季出刊之《序言》雜誌第十八卷第一期，引自「國家檔案館」。

"Thus Spoke Chief Seattle: The Story of An Undocumented Speech" by Jerry Clark. *Prologue Magazine*, Spring 1985, Vol. 18, No. 1. National Archives.

◇ 相關參考資料

威廉・艾洛史密斯（William Arrowsmith），《西雅圖酋長演說》。刊於《美國詩評》。

William Arrowsmith, "Speech of Chief Seattle". *The American Poetry Review*, 1975.

泰德‧佩瑞（Ted Perry），「美南浸信會廣播與電視委員會」製作之系列電視影片《家園》旁白。艾略特角條約，華盛頓D.C.國家檔案館。

Ted Perry, *Home*. An environmentalist movie produced for the Southern Baptist Radio and Television Commission. Point Elliott Treaty, National Archives, Washington D.C.

南希‧祖西（Nancy Zussy），〈簡述演說之不同版本〉。刊於《游牧精神》。

Nancy Zussy, "Brief analysis of the different versions of the speech". *The Nomadic Spirit.*

魯道夫‧凱澤（Rudolf Kaiser），〈西雅圖酋長演說：美國的起源與歐洲的領受〉。收錄於《尋回失落之聲：美國原住民文學散文集》，加利福尼亞大學出版社。

Rudolf Kaiser, "Chief Seattle's Speech(es): American Origins and European Reception", published in *Recovering the Word: Essays on Native American Literature*. University of California Press, 1987.

大衛‧伯傑（David Buerge），〈西雅圖的亞瑟王：西雅圖酋長如何持續激勵眾多仰慕者轉述他的話語〉，刊於《西雅圖周刊》。

David Buerge, "Seattle's King Arthur: How Chief Seattle continues to inspire his many admirers to put words in his mouth." *Seattle Weekly.* July 17, 1991.

西雅圖酋長宣言
怎麼能夠買賣天空、大地與海洋的溫柔？
一位印地安先知獻給我們的自然預言 〔中英對照・深度導讀〕
The Statement of Chief Seattle

演　　　說	西雅圖酋長 Chief Seattle	
翻　　　譯	劉泗翰	
導　　　讀	廖偉棠	
封 面 設 計	朱疋	
內 頁 排 版	高巧怡	
行 銷 企 劃	劉育秀、林瑀	
行 銷 統 籌	駱漢琦	
業 務 發 行	邱紹溢	
果 力 總 編	蔣慧仙	
漫遊者總編	李亞南	
出　　　版	果力文化／漫遊者文化事業股份有限公司	
地　　　址	台北市松山區復興北路331號4樓	
電　　　話	(02) 2715-2022	
傳　　　真	(02) 2715-2021	
服 務 信 箱	service@azothbooks.com	
網 路 書 店	www.azothbooks.com	
臉　　　書	www.facebook.com/azothbooks.read	
營 運 統 籌	大雁文化事業股份有限公司	
地　　　址	台北市松山區復興北路333號11樓之4	
劃 撥 帳 號	50022001	
戶　　　名	漫遊者文化事業股份有限公司	
初 版 一 刷	2021年3月	
定　　　價	台幣180元	

Cover image from *1996 raptor survey of the lower Salmon and Snake Rivers and summary of raptor surveys conducted 1993-1996.* Jay F. Shepherd and Frances Cassirer. 1997.

國家圖書館出版品預行編目 (CIP) 資料

西雅圖酋長宣言：怎麼能夠買賣天空、大地與海洋
的溫柔？一位印地安先知獻給我們的自然預言 〔中
英對照・深度導讀〕/ 西雅圖酋長（Chief Seattle）
演說；劉泗翰譯；廖偉棠導讀 -- 初版. -- 臺北市：果力
文化, 2021.03
96 面；13x19 公分
譯自：The Statement of Chief Seattle
ISBN 978-986-97590-8-3(平裝)
874.6　　　　　　　　　　　　　　110002714

ISBN　978-986-97590-8-3（平裝）

漫遊，一種新的路上觀察學
www.azothbooks.com
漫遊者文化

大人的素養課，通往自由學習之路
www.ontheroad.today
遍路文化 ●線上課程